KB209913

그림 최준규

대학에서 서양화를 공부한 뒤 그림책 작가가 되어 20여 년 동안 그림 그리는 일을 하고 있습니다. 수채화, 아크릴, 먹, 디지털 등 다양한 기법으로 그림 그리는 것을 좋아해서 계속 기법을 연구하고 있습니다. 『또박또박 또박이』, 『초원의 파수꾼 기린』, 『초등학교에 가요』, 『황금 인어 에일리』, 『사람이 되고 싶어』, 『똥아, 똥아 나와라!』, 『혼자 보낼 순 없잖아』, 『무럭이의 공 찾기』, 『아리영과 사리영』, 『하꿍, 괜찮아』, 『허난설헌』 등을 그렸습니다.

황석영의
어린이 민담집

23 · 대나무 자와 비단 수건

글 황석영 · 그림 최준규

아이휴먼

작가의 말

예전에는 할아버지가 손자, 손녀들을 모아 놓고 화롯불에 밤을 구워 주시며 옛날이야기를 들려주셨습니다. 또한 여름밤에 집 마당에 멍석을 깔고 누워 찐 옥수수도 먹고 하늘의 별들을 헤아리면서 할머니가 해 주시는 옛날이야기를 듣다가 슬그머니 잠이 들기도 했지요.

할아버지가 주름진 얼굴을 더욱 찡그리며 "이놈, 혼내줄 테다!" 하고 도깨비방망이로 때리는 시늉을 하면, 우리 어린 것들은 기겁하면서 뒤로 넘어졌어요. 할머니가 갑자기 두 팔을 번쩍 들고 손가락을 움키면서 목소리를 바꿔 "떡 하나 주면 안 잡아먹지!" 하면, 정말로 호랑이가 할머니 옷을 입고 나타나기라도 한 듯 우리는 비명을 지르며 목을 움츠리고 눈을 꼭 감아 버렸고요.

우리 민족은 예로부터 노래하고 춤추기를 잘했다고 하는데, 이야기하기는 더욱 잘하고 즐겼다고 생각해요. 밭두렁, 논두렁, 사랑채, 행랑방 등에서 노래하고 춤추고 신나게 풍물놀이 하고, 재

미있는 이야기를 서로 전하면서 울고 웃으며 살아왔던 것이지요. 강 하나 건너고 산이나 고개 하나 넘으면 말투와 음식이 달라지듯이, 마을마다 고을마다 전해 내려오는 이야기는 제각기 다르고 참으로 많기도 했지요.

오늘날에는 컴퓨터나 스마트폰이 있어 온 세계의 이야깃거리를 만나기가 아주 편리해졌어요. 안데르센의 동화, 그림 형제의 민담, 그리스 로마 신화 등을 손쉽게 읽을 수 있고, 인공지능이 창조해 낸 이야기도 공중을 날아다니지요. 이런 다양한 이야기들은 어린이들에게 상상력과 창의력을 심어 주고, 무한한 꿈을 꿀 수 있게 도와줍니다.

지금은 우리네 할머니, 할아버지가 들려주시던 옛날이야기들이 어린이들에게 직접 전해지는 시대가 아니게 되었지요. 그럼에도 우리 옛이야기는 어린이들의 마음속에 정체성을 심어 준다고 생각해요. '나는 누구인가?'를 알게 해 주는 것이지요. 우리가 바

깥 세상에 나가서 다른 나라 사람들을 만났을 때, 우리 자신의 정체성이 마음속에 자리를 잡고 있다면 좋겠어요. 나 자신을 사랑하는 이가 다른 사람도 사랑할 수 있으니까요. 그것이 세계 속의 나와 우리일 거예요.

이제 한반도를 넘어 세계시민이 될 어린이들이 우리 이야기를 통해 '나는 누구인가?' 하는 물음에 답을 찾았으면 하는 바람에서, 우리 옛이야기를 모아 '황석영의 어린이 민담집'을 펴냅니다.

우리 어린이 독자들뿐 아니라 엄마 아빠들도 아이들의 잠자리 머리맡에서 이 이야기들을 함께 도란도란 읽어 보았으면 합니다. 그날 밤에는 어른과 아이가 같은 꿈을 꾸게 될 거예요.

황석영

차
례

대나무 자와 비단 수건

어느 고을에 밥술깨나 먹고살 만한 집안이 있었는데, 그 집에는 수남이라는 아들이 있었어요. 수남이가 열여섯 살이 되자 부모는 손자라도 일찍 보려고 그랬는지 장가를 보내기로 했습니다. 옛날에는 그 나이에도 장가들고 시집가고 아이도 낳고 했거든요.

그때는 또 결혼이 이루어지도록 중간에서 소개 역할을 하는 중신할미들이 있었어요. 수남이네 부모도 가까운 몇몇 마을에 중신할미를 보내서 색싯감을 알아봐 달라고 했지요. 그러고 나서 아버지가 수남이를 데리고 한 바퀴 돌아볼 생각이었습니다.

때는 농사로 한창 바쁜 시기가 한 차례 끝나고, 머슴들의 명절이라는 백중날(음력 7월 15일)을 앞둔 어느 날이었습니다. 수남이는 마당의 느티나무 그늘에 명석 깔고 누워서 낮잠을 자다가 꿈을 꾸었어요. 화려한 비단옷을 입고 하얀 소가 끄는 황금색 수레를 타

고 가는 꿈이었는데, 높은 성벽의 대문을 들어서는 장면에서 잠이 깨었지요.

꿈이 어찌나 생생했던지 진짜로 일어난 일인 것만 같았습니다. 수남이는 기분이 몹시 좋아서 무슨 말을 할 생각도 없이 입을 꾹 다물고 벙글벙글 웃는 표정만 짓고 있다가, 주위 사람들이 왜 웃느냐고 물어보면 그냥 이렇게만 대답했어요.

"좋구나, 좋다!"

"대체 뭐가 그렇게 좋다는 거니?"

아버지와 어머니가 몇 번을 물어봐도 수남이는 같은 말만 되풀이했어요.

"좋구나, 좋다!"

어쨌든 약속이 되어 있었으니 아버지는 아들 수남이를 말에 태우고 색싯감이 기다리는 집을 찾아다녔습니다.

수남이는 누구를 만나든지 "좋구나, 좋다!" 하고 중얼거렸고, 나중에는 종일 그치지 않고 "좋구나, 좋다!"만 지껄이게 되었습니다.

그러니 혼사가 이루어질 리가 있나요? 수남이를 장가 못 보내게 된 것은 그렇다 치고, 이 녀석이 밥만 먹으면 그저 낮이고 밤이고 동네를 싸돌아다니면서 "좋구나, 좋다!" 하고 떠들어 대니 동네 시끄러워서 살 수가 없다고 여기저기서 불평이 들려왔습니다.

"도대체 뭐가 좋다는 건지 말 좀 해 봐라!"

"좋구나, 좋다!"

그 말을 들은 모든 사람이 저마다 수남이에게 좋은 일은 같이 좀 알자고 사정해 봐도 수남이는 같은 말만 되풀이할 뿐 뭐가 좋은지는 전혀 말해 주지 않았어요. 말하는 순간 복이 나간다고 여겨 제 마음속에만 간직해 두려는 모양이지요.

결국 답답하고 화가 난 동네 사람들이 이 사실을 관가에 알렸습니다. 수남이는 원님 앞에 끌려갔지요. 원님이 수남이에게 무엇이 좋으냐 물으니 수남이는 이번에도 환하게 웃으며 중얼거렸습니다.

"좋구나, 좋다!"

원님도 영문을 모르고 덩달아 웃으며 물었지요.

"무엇이 그리도 좋단 말이냐? 나도 좀 알아야 같이 기뻐할 게 아니냐?"

그런데도 수남이는 싱글벙글 웃으며 똑같은 말만 되풀이하지 뭐예요.

"좋구나, 좋다! 좋구나, 좋다!"

원님 역시 답답하고 화가 나서 수남이를 감영(감사가 나랏일을 보는 곳)에 올려 보냈어요. 감사가 물어봐도 역시 같은 말뿐이라 그도 답답하고 화가 나서 수남이를 서울에 있는 임금님께 올려 보냈습니다.

임금님 앞에서도 수남이는 여전히 "좋구나, 좋다!" 하고 중얼거릴 뿐이었지요. 임금님도 화가 나고 답답해서 외쳤습니다.

"당장 이놈을 옥에 가두어라! 며칠 후에 다시 기회를 주겠으나, 계속 똑같은 말만 되풀이한다면 내 저놈의 목을 베리라!"

이렇게 해서 수남이는 감옥에 갇히고 말았습니다.

수남이가 갇힌 방은 사형수의 방이라 외딴곳에 떨어져 있었어요. 목에 두껍고 묵직한 널빤지 칼을 쓰고 앉아 있는데, 방구석의 작은 구멍에서 새끼 쥐 한 마리가 기어 나와 먹을 것을 찾아 돌아다녔어요.

수남이는 나무 작대기를 집어서 노렸다가 쥐를 때려잡았어요. 그런데 한 마리가 죽으니 또 한 마리가 기어 나오는 겁니다. 그렇게 때려잡기를 반복하여 새끼 쥐를 다섯 마리나 잡았습니다.

좀 더 기다렸더니 이번에는 큰 어미 쥐가 나왔는데 죽은 새끼들 주위를 맴돌며 살피고는 구멍으로 쪼르르 들어갔어요. 다시 나타난 어미 쥐는 입에 길쭉한 대나무 자를 물고 있었습니다.

어미 쥐가 대나무 자로 죽은 새끼의 몸을 재었더니 새끼가 꼼틀거리며 살아나는 거예요. 어미 쥐는 나머지 새끼들도 차례차례 자로 재어 살려냈어요.

그렇게 살아난 새끼 쥐들과 어미 쥐가 구멍 속으로 돌아가려 할 때, 수남이가 어미 쥐를 향해 나무 작대기를 던졌습니다. 어미 쥐는 화들짝 놀라 대나무 자를 떨구고 달아났지요. 대나무 자를 집어서 품 안에 넣은 수남이는 기분이 무척 좋았습니다.

"요놈의 자가 신통방통한 자로구나!"

수남이가 싱글벙글 웃고 있으니 옥사정(옥에 갇힌 죄인을 지키던 사람)이 와서 보고 물었습니다.

"너는 곧 죽을 놈이 뭐가 그리 좋으냐?"

"좋구나, 좋다!"

수남이의 대꾸에 옥사정은 벌컥 화를 냈습니다.

"지금 공주님이 돌아가셔서 궁궐 안과 온 나라가 슬픔에 잠겼는데, 너 혼자 그저 좋다고만 하니 나라도 너를 죽여 없애야겠다."

옥사정이 칼을 빼 들자 수남이는 그제야 평소처럼 말했습니다.

"죽은 공주님을 내가 살려 낼 테니 어서 임금님께 아뢰시오. 내일모레 죽을 내가 거짓말하겠소?"

이미 죽은 이를 살려 낸다니 어리둥절했지만, 밑져야 본전이라 옥사정은 곧 궁인에게 이를 알렸어요. 이윽고 수남이의 말이 임금님 귀에까지 들어가게 되었어요. 임금님은 당장 그 무엄한 놈을 불러오라 일렀습니다.

"네가 죽은 공주를 살려 낸다고 하였느냐?"

"네, 그리했습니다."

"만약 살려 내지 못하면 어찌하려느냐?"

"당장 제 목을 베시지요. 자, 이제부터 제가 말하는 대로 해 주십시오. 공주님의 시체가 있는 방에 아무도 얼씬거리지 못하게 하시고 꿀물 한 대접 타서 방 안에 준비해 주십시오."

하라는 대로 해 준 뒤 궁인들이 모두 물러가니 수남이는 방 안으로 들어갔어요. 방에는 병풍이 쳐져 있었고 그 뒤 침전에 죽은 공주가 누워 있었지요.

수남이는 대나무 자를 꺼내 공주의 머리에서 몸통과 다리를 거쳐 발끝까지 재고, 좌우로는 두 팔을 재었어요. 그러자 공주의 몸이 꼼지락꼼지락 움직이기 시작하는 거예요. 수남이는 얼른 자를 품 안에 넣고는 뒤로 몇 걸음 물러나서 기다렸습니다.

이윽고 공주가 상반신을 일으켜 기지개를 쭉 켜고 하품하면서 말했어요.

"아아, 잘 잤다. 내가 너무 오래 잤나? 목이 조금 마르네."

"여기 꿀물이 있습니다, 공주님."

수남이가 준비해 두었던 꿀물 한 대접을 공주에게 갖다주었습니다. 공주는 벌컥벌컥 마시고는 아무 일 없었다는 듯이 자리에서 일어섰지요.

수남이와 공주는 함께 방을 나왔어요. 밖에서 초조하게 기다리던 임금님과 왕비님이 달려와 죽었다가 되살아난 공주를 부둥켜안고 눈물을 흘렸습니다.

이튿날 임금님은 외동딸 공주가 살아난 것이 더없이 기뻐서 모든 신하와 장수들을 불러 놓고 큰 잔치를 벌였습니다. 그 자리에는 수남이도 비단으로 지은 새 옷을 입고 참석했어요.

잔치 자리가 절반쯤 진행되어 한창 무르익어 갈 즈음, 임금님이 수남이를 일어나게 하고는 신하들을 둘러보며 말했습니다.

"내가 이 사람을 처음에는 몰라보고 무엄한 놈 취급을 하였으나, 인제 보니 천하의 명의요 신통한 도사님이 아닌가?"

임금님의 시선이 이번에는 수남이를 향했습니다.

"내 딸을 살려 냈으니 이제 공주는 너의 아내다."

임금님의 선포로 수남이는 임금의 사위인 부마가 되었지요. 얼마 뒤 공주와 부마 수남이는 성대한 혼례식을 올렸고, 온 백성이 기뻐하며 축하했습니다.

죽은 공주가 살아났다는 이야기는 이웃 나라 중국에도 알려졌어요. 중국의 천자는 소문을 듣자 십 년 전에 죽은 딸이 생각났지요. 천하의 명의들을 불러 모아 온갖 약을 써 봤지만 소용이 없었거든요.

그런데 바로 가까운 이웃 나라에서 죽은 사람을 살려 내는 천하 명의가 나타났다고 하니, 천자는 당장에 그를 모셔 오라 명하고 신하들을 보냈습니다.

천자가 보낸 중국 사신들은 수남이네 나라에 도착하자 임금님을 뵈러 궁으로 갔어요. 그들은 부마가 된 수남이를 초청하여 중국으로 데려가겠다고 임금님께 아뢰었지요. 천자의 딸이 십 년 전에 죽었는데, 명의의 재주로 공주를 살려 내고자 한다면서요.

수남이는 천자가 자기를 찾는 이유를 알고 고민에 빠졌습니다. 천자의 명령이라니 안 가겠다고 할 수는 없는 노릇인데, 자기 능력은 죽은 지 얼마 안 되어 비교적 멀쩡한 시신을 자로 재어서 되살리는 데까지니까요. 오래전에 죽어 이미 백골이 되어 버린 이를 살이 붙은 온전한 몸으로 살려 낼 자신은 없었습니다.

"이번에는 내가 정말로 죽겠구나! 죽은 지 십 년 넘

은 백골을 어찌 살려 낼까?”

그렇지만 수남이는 별도리 없이 중국 사신 일행을 따라 말을 타고 중국으로 향했습니다. 가던 중에 국경 가까운 데서 산 하나를 넘게 되었어요.

그런데 고갯마루 한가운데 집채만 한 큰 호랑이가 앉았다가 붉은 아가리를 쩍 벌리고 앞산 뒷산이 쩌렁쩌렁 울리도록 으르렁거리는 게 아니겠어요?

일행은 모두 혼이 빠지도록 놀라서 뒤도 돌아보지 않고 고개 아래로 달아나 버렸지요. 수남이가 탄 말도 깜짝 놀라 앞발을 쳐들었다가 머리를 돌려 달아나는 바람에 수남이는 안장에서 떨어져서 미처 달아나지 못했습니다.

수남이는 길 위에서 호랑이와 마주 보고 섰어요. 어차피 중국에 가면 공주를 살려 내지 못해 죽을 목숨이라, 수남이는 겁내지 않고 호랑이에게 말했어요.

　　"내가 천자의 명을 받아 가고 있거늘 너는 어찌 길을 막느냐?"

　　그러자 대호가 납작 엎드려서 그의 앞으로 다가오더니 어깨를 올렸다 내렸다를 반복해 보였습니다.

　　"네 등에 올라타란 말이냐?"

　　수남이가 묻자 호랑이는 머리를 끄덕였어요.

　　그리하여 수남이가 올라타게 된 호랑이는 말 그대로 하늘을 나는 호랑이 비호(飛虎)라, 골짜기 사이를 단번에 뛰어넘고 산줄기 위를 날듯이 달려갔지요.

　　그렇게 층암절벽(험한 바위가 겹겹이 있는 낭떠러지) 위의 굴 앞에 당도하자

호랑이가 수남이를 내려놓았어요.

호랑이는 굴로 들어가더니 새끼 한 마리를 물고 나왔습니다. 어미의 입에 매달린 새끼 호랑이는 입을 쩍 벌리고 있었어요. 수남이는 생각했어요.

'분명 새끼의 목에 뭔가가 걸렸구나. 그래서 그걸 빼내 달라고 나를 데려온 거야.'

수남이가 새끼의 입속을 들여다보니 역시 목에 뼈다귀 하나가 걸려 있었어요.

"그래, 이걸 뽑아 달라는 게냐?"

수남이가 물으니 대호는 고개를 끄덕였습니다.

수남이는 손쉽게 새끼 호랑이의 목에 걸린 뼈다귀를 끄집어내어 보여 주었지요. 대호는 새끼를 물어다 굴에 집어넣고 나서 다시 수남이에게 등을 내밀었어요. 수남이는 순순히 올라탔습니다.

수남이를 태운 대호는 다시 달리고 달려 어느 공동 묘지에 이르렀습니다. 그 가운데서 가장 크고 오래된 옛 무덤을 찾아가더니 앞발로 사정없이 묘를 파냈지요. 그러자 반쯤 부서진 관이 나왔는데 열어 보니 죽은 지 오래된 백골이 누워 있었어요.

대호는 잠깐 사라졌다가 비단 수건을 한 장 물고 다시 나타났어요. 그 비단 수건으로 백골을 덮고 쓸어내리니, 뼈 위에 차츰차츰 살이 붙어 온전한 사람의 몸으로 돌아오는 게 아니겠어요? 그러나 아직 숨은 돌아오지 않은 상태였습니다.

이번에는 수남이가 품에서 대나무 자를 꺼내며 나섰습니다.

"옳지, 이번에는 내가 시험해 봐야겠다."

그는 대나무 자를 죽은 이에게 갖다 대고 위로 아래로, 또 옆으로 길이를 쟀어요.

그렇게 상하좌우로 자를 대고 나자 마침내 죽은 이에게 숨이 돌아왔습니다.

살아난 노인은 마치 잠을 자다 깨어난 것처럼 벌떡 일어나 사방을 둘러보았지요. 그러다 대호를 발견하자 기겁하며 달아나 버렸습니다.

둘만 남자 대호가 수남이의 발아래 비단 수건을 내려놓았습니다. 수남이는 중얼거렸지요.

"아하, 네가 나에게 사람을 되살리는 천, 환생포를 주려고 했던 것이구나."

대나무 자에 비단 수건까지 챙긴 수남이는 이제 더 이상 걱정할 일이 없었습니다.

대호는 다시 수남이를 등에 태워 아까 사신 행렬이 멈추었던 고갯마루에 내려 주고는 이번에도 하늘을 날듯이 단숨에 펄쩍 뛰어 사라졌지요.

사신 일행은 머리털 하나 상하지 않은 채 호랑이를

타고 어딘가 다녀온 수남이를 보자 더욱더 확실히 그의 도술 재간을 믿게 되었습니다.

중국에 도착해 궁궐로 들어가니 수남이를 기다리던 천자가 인자하게 말했어요.

"먼 길 오느라 수고가 많았다. 그대가 죽은 자를 살리는 도술을 부린다 들었노라. 내 딸이 죽은 지 이미 십 년이 지났는데, 그래도 살려 낼 수 있겠는가?"

수남이는 자신 있게 대답했어요.

"예, 제가 이르는 대로 해 주시면 공주님을 살려 내보겠습니다."

"어떻게 하면 되느냐?"

"공주님의 무덤을 파서 백골을 거두어 깨끗이 치운 방에다 모셔 놓고 꿀물 한 대접을 방에 넣은 다음 누구도 들어오지 못하게 해 주시면, 제가 정성으로 기도를 드려 공주님을 살려 내겠습니다."

천자는 수남이가 이른 대로 궁인들을 시켜 공주의 무덤을 파고 백골을 거두어 정성 들여 씻고, 깨끗한 방의 비단 이부자리에 눕혀 두었습니다. 수남이 외에는 누구도 방에 들어가지 못하게 막고서요.

방에 들어간 수남이가 호랑이가 준 환생포를 꺼내어 백골을 쓸어내리니 뼈에 차츰차츰 살이 붙어 올라왔어요. 백골이었던 공주가 다시 온전한 몸이 되자 수남이는 대나무 자를 꺼내어 공주의 몸을 재어 나갔습니다. 그러자 공주는 숨이 돌아왔고, 역시 기지개를 켜며 일어나 하품하고는 "잘 잤네!" 하고 말했어요.

공주가 목말라하자 수남이는 준비해 두었던 꿀물 한 대접을 건네주었지요.

공주는 그야말로 꿀물을 달게 마시고 일어서서 천자와 만조백관(모든 벼슬아치)이 기다리는 궁궐 어전으로 나아갔습니다.

십 년 만에 살아난 공주를 만난 천자는 몹시 기뻐하며 수남이에게 말했습니다.

"내 딸 공주를 살려 냈으니 그대는 공주와 혼인을 하여라."

그렇지만 수남이는 천자에게 말했지요.

"제가 이미 우리나라 공주를 살려 내어 장가를 든지라 또 장가를 들 수는 없습니다. 다만 제 힘으로 천자께서 꼭 보고 싶으신 열 분을 되살려 드리겠습니다."

천자는 보고 싶은 사람을 헤아려 본 뒤 말했어요.

"목숨은 많이 살릴수록 좋으니, 백 사람을 살리면 어떠한가?"

수남이는 머리를 조아리며 천자에게 아뢰었지요.

"제가 이렇게 함부로 죽은 이를 살려 내면 저승의 염라대왕을 노하게 만듭니다. 생사는 원래 하늘에 달

렸으니 지나치면 오히려 벌을 받게 될 것입니다."

천자는 물론 모든 신하가 수남이의 말이 일리 있
다고 여겼습니다.

그리하여 하루에 한 명씩 열 사람을 살려 낸 수남
이는 천자에게 받은 수만금의 보화를 하얀 소가 이끄
는 수레에 싣고 고향으로 돌아갔지요.

꿈에서 보았던, 화려한 비단옷을 입고 하얀 소가
끄는 황금 수레를 타고 높은 성벽 문으로 들어가는
일이 실제로 일어난 거예요.

수남이가 외쳤습니다. "좋구나, 좋다!"

그 뒤로 수남이는 공주와 함께 아들딸 많이 낳고 잘 살다가 세상을 떠났는데, 죽은 사람을 살려 내는 대나무 자와 백골에 살을 돋게 해 주는 비단 수건은 어디로 갔는지 보이지 않았습니다.

후손들의 말에 따르면 수남이가 천자에게서 보물을 받고 대나무 자와 비단 수건을 중국에 주고 왔다고 해요. 그 뒤로 중국 인구가 엄청나게 늘어난 것은 다 그 때문이라는 말이 전해 옵니다.

서당의 세 친구

옛날 어느 고을에 서당에서 공부하는 아이가 여럿 있었는데, 그중에서 세 아이가 공부를 뛰어나게 잘했습니다. 그들은 앞서거니 뒤서거니 하면서 공부 실력을 다투었지만, 사이는 좋은 친구였어요.

이들 셋 중에 한 아이는 신선 되는 것이 소원이었고, 또 한 아이는 벼슬길에 올라 평안도의 감사 되기가 소원이고, 또 다른 아이는 큰 부자가 되는 것이 소원이었습니다.

훗날 세 친구는 공부를 다 마치고 헤어져서 제각기 다른 고장에서 살았어요. 신선이 되고 싶다던 아이는 신선이 되었고 평안 감사가 소원이던 아이는 평안 감사가 되었어요.

평안 감사가 근무지인 평양으로 행차(웃어른이 길을 가는 것)를 하고 있었어요. 도중에 옛 친구가 신선이 되어서 살고 있다는 산 옆을 지났습니다.

헤어진 지 오래된 친구가 궁금하고 신선이 산다는 곳도 구경하고 싶었던 평안 감사는 하인들과 군사들과 말이며 가마를 거기서 기다리라 하고 혼자서 신선이 살고 있다는 산속으로 찾아 들어갔습니다.

길이 끊기는 곳에서 발을 멈추고 어디로 가야 할지 몰라 가만 서 있는데, 맞은편 절벽 위에서 한 줄기 구름이 내려오더니 그 위로 길이 생겨났습니다.

길 위에 신선 친구가 나타나 말했어요.

"어서 오게. 염려 말고 그 구름을 딛고 건너오게."

신선은 서당에서 같이 공부했던

친구가 평안 감사가 되어 지나가다 자기
를 찾아온다는 걸 미리 알고 마중을
나온 것이지요. 감사는 구름 길을
건너 신선의 영역으로 갔습니다.
    신선은 감사 친구에게 자기가
사는 곳 여기저기를 구경시켜
주었습니다.

동쪽 방문을 열어 보니 봄의 경치가 나타났어요. 복숭아꽃, 살구꽃, 진달래, 철쭉이 울긋불긋 아름답게 피어 있었습니다.

남쪽 문을 여니 거기는 여름 경치가 있는데 산은 온통 푸름으로 우거졌고 농부들은 밭을 갈고 논도 갈면서 한창 바쁘게 농사일을 하고 있었어요.

서쪽 문을 열고 보니 단풍이 곱게 물들어 온통 빨갛고 노란 나뭇잎이 석양에 나부끼고 선선한

가을바람에 각종 과
일과 오곡이 무르익
고 있었지요.
　북쪽 문을 열면 겨
울바람이 차갑게 불
고, 나뭇가지마다 눈
꽃이 하얗게 피어 있
어요.

이렇게 평안 감사는 신선 친구가 사는 곳의 철마다 다른 경치를 모두 둘러보았습니다. 그리고 나서 친구와 마주 앉아 옛날 같이 공부하던 시절의 이야기를 나누었지요.

감사가 신선 친구에게 물었습니다.

"부자가 되겠다던 그 친구는 지금 어디서 무엇을 하고 있나?"

신선은 대답했어요.

"그 친구를 만나고 싶은가? 그럼 곧 불러오지."

신선이 시중들던 동자를 부르더니 절벽 앞으로 가서 부채를 들어 몇 번 휘저었어요. 그러자 안개와 구름이 흩어지며 저 까마득한 아래 성냥갑만 한 집들과 실오라기 같은 길이 나타났지요. 신선이 그중 어느 곳인가를 가리키며 동자에게 일렀어요.

"저기 있는 저이를 이리 데리고 오너라."

동자는 예에 대답하고 나갔는데, 얼마
후에 산이 무너지는 소리가 들리고 거
센 바람이 불더니 큰 구렁이
한 마리를 끌고 왔습니다.

"이게 무슨 괴이한 노릇인가?"

감사가 놀라서 외치니 신선이 답했습니다.

"이 친구는 욕심 때문에 하늘나라 상제님께서 내린 벌을 잠시 받고 있다네. 나는 이자를 용서해 줄 수는 없지만 잠깐 풀어 줄 수는 있다네."

신선이 구렁이를 앞에 두고 뭐라고 주문을 외우자 구렁이의 몸이 둘로 갈라지며 그 속에서 부자가 되고 싶다던 친구가 나왔어요.

그는 자기가 구렁이의 몸에서 나왔다는 것을 모르는지 친구들을 만나자 예전처럼 반가워할 뿐이었지요. 신선이 그 친구에게 말했어요.

"우리 셋이 모처럼 이렇게 오랜만에 만났으니, 우리 같이 먹게 저 뒤뜰에 있는 복숭아나무에 올라가서 복숭아를 있는 대로 따 오게."

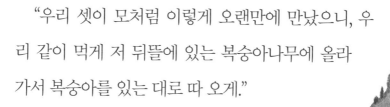

부자 되고 싶다던 친구가 복숭아를 따러 가 보니 복숭아가 네 개 열려 있었어요. 그는 하나를 따서 얼른 먹고 남은 세 개를 따 가지고 돌아갔어요.

"세 개가 열려 있어서 세 개를 다 따 왔네."

복숭아를 한 개씩 나누어 먹은 친구들은 옛일을 되돌아보며 한참 이야기꽃을 피웠어요. 그러다가 신선이 구렁이였던 친구에게 말했습니다.

"자네는 이제 그만 돌아가게."

그러고서 주문을 외우니 그 친구는 다시 구렁이가 되어서 눈물을 철철 흘리면서 산이 무너지는 소리와 함께 거센 바람을 일으키며 가 버렸어요. 평안 감사가 신선에게 물었어요.

"저 친구는 우리가 어려서 같이 공부하던 친구인데 어째서 저렇게 구렁이로 있도록 놔두는가?"

신선이 대답했지요.

"아까 복숭아를 있는 대로 따 오라고 했는데, 네 개 열린 것을 한 개는 자기가 냉큼 먹고 세 개만 따 온 것만 보아도 그 친구의 탐욕을 알 수 있지 않은가? 그러니 상제의 노여움을 풀어 드릴 수가 없다네."

얼마 뒤 감사는 신선과 작별하고 군사와 하인들이 기다리는 장소로 되돌아왔습니다. 그런데 거기에는 하인도 군사도 말도 없고, 가마도 보이지를 않는 거예요.

근처에서 한 노인이 논을 갈고 있기에 감사는 그 노인에게 물었습니다.

"여기 평안 감사 행차에 따라온 사람들을 못 보았소? 다 어디로 가 버렸습니까?"

노인은 어리둥절한 표정을 짓더니 뒤늦게 대답했지요.

"내가 일곱 살 때인가, 어떤 감사가 행차하다 저 산

속에 살던 신선을 만난다고 들어가더니 몇 해가 지나도 돌아오지를 않았소. 일행은 한참 기다리다 가 버리고 말았다고 하더이다. 나도 전해 들었을 뿐, 실제로 본 적은 없소."

감사는 신선 친구를 만나 오후 한때 잠깐 이야기하다 돌아왔는데, 벌써 그렇게 세월이 흘렀다니 깜짝 놀라서 부랴부랴 한양의 자기 집으로 찾아갔어요.

집은 옛날 그대로인데 살고 있는 사람은 전혀 낯모르는 노인이었지요. 누구시냐고 감사가 물으니 그 노인이 대답했어요. 자신은 옛날에 평안 감사로 가신 분의 손자인데, 그분은 평양으로 부임하러 가다가 신선을 만나 보고 온다고 산으로 올라가서 돌아오지 않고 지금까지 생사를 모른다고요.

난데없이 모든 것을 전부 잃은 감사는 신선 친구를 찾아 다시 산으로 길을 떠났답니다.

황석영의 어린이 민담집

23 · 대나무 자와 비단 수건

© 황석영 2024

1판 1쇄 인쇄 2024년 12월 9일 | **1판 1쇄 발행** 2024년 12월 23일

글 황석영 | 그림 최준규
펴낸이 황상욱

편집 이은현 박성미 | **디자인** 박지수 | **경영지원** 황지욱 | **마케팅** 윤해승 장동철 윤두열
제작처 영신사

펴낸곳 ㈜휴먼큐브 | **출판등록** 2015년 7월 24일 제406-2015-000096호
주소 03997 서울특별시 마포구 월드컵로 14길 61 2층
문의전화 02-2039-9462(편집) 02-2039-9463(마케팅) 02-2039-9460(팩스)
전자우편 yun@humancube.kr

ISBN 979-11-6538-432-6 73810

어린이제품 안전특별법에 의한 기타표시사항
제품명 도서 | **제조자명** ㈜휴먼큐브 | **제조국명** 대한민국 | **전화번호** (02)2039-9462
주소 03997 서울특별시 마포구 월드컵로 14길 61 2층 | **제조년월** 2024년 12월 23일 | **사용연령** 3세 이상

우리 시대 최고의 이야기꾼
황석영 작가가 새롭게 쓴
진짜 우리 이야기!

황석영의 어린이 민담집
시리즈

황석영의 어린이 민담집

도서 목록